AF451520

Vente du Lundi 4 Février 1889

A TROIS HEURES

HOTEL DROUOT, SALLE 4

21 TABLEAUX

ANCIENS

Marbres et Bronze

PARIS — 1889

IMPRIMERIE MAULDE et RENOU

A. MAULDE & Cie

IMPRIMEURS DE LA COMPAGNIE DES COMMISSAIRES-PRISEURS

Rue de Rivoli, 144

VENTE DU LUNDI 4 FÉVRIER 1889

En vertu de deux jugements du Tribunal civil de la Seine
en date des 15 février et 2 mai 1888;
de deux arrêts de la Cour d'Appel de Paris en date des 22 juin et 1er août 1888
et d'une ordonnance de référé en date du 29 décembre 1888, enregistrée.

HOTEL DROUOT, SALLE N° 4

A TROIS HEURES

21 TABLEAUX

ANCIENS

Des Écoles Italienne, Flamande,
Française et Espagnole

MARBRES ET BRONZE

EXPOSITION PUBLIQUE

Le Dimanche 3 Février 1889, de 1 heure a 5 heures

Commissaire-Priseur :	Expert :
Mᵉ Paul PERROT	M. Eug. FÉRAL, peintre
Rue Miromesnil, 64	*Faubourg Montmartre, 54*

PARIS — 1889

CONDITIONS DE LA VENTE

La Vente étant judiciaire aura lieu *expressément au comptant.*

Les Acquéreurs paieront CINQ POUR CENT en sus du prix d'adjudication.

Aucune réclamation ne sera admise après l'adjudication prononcée.

DÉSIGNATION

TABLEAUX ANCIENS

ALLEGRI (D'après Antonio)

Dit Il Correggio

1 — Jupiter et Io.

Bonne copie ancienne du tableau qui a fait partie de la Galerie du Palais-Royal.

Toile : H. 1ᵐ3o. L. 0ᵐ98.

Cette toile est attribuée par le propriétaire au Corrège.

BILIVERTI (Attribué à J.)

2 — Joseph et la femme de Putiphar.

Toile : H. 0ᵐ96. L. 1ᵐ20.

CARRACHE (Attribué à An.)

3 — Jeux d'Enfants.

Toile : H. 0ᵐ64. L. 1ᵐ02.

Attribué par le propriétaire à TITIEN.

CHARLET (Genre de)

4 — La Répétition.

Ce sont cinq musiciens tenant chacun leur instru-
ment et exécutant un morceau.

Toile : H. 0ᵐ50. L. 0ᵐ70.

Le Propriétaire attribue ce tableau à CHARLET.

DOSSI-DOSSO (Attribué à

5 — Saint Jérôme en méditation.

Le Saint est représenté dans un paysage, assis par
terre, adossé à un arbre, les jambes étendues et tenant
une tête de mort. — Près de lui, son lion ; plus loin,
des personnages et des animaux.

Toile : H. 0ᵐ95. L. 0ᵐ86.

Ce tableau est attribué par le propriétaire à JEAN,
dit SCHOOREL.

FOSCHI (Attribué à F.)

6 — Paysage accidenté.

Il est traversé par une rivière qui coule entre des rochers ; au premier plan, différents personnages et des animaux. Vers le fond, un château-fort et des montagnes.

Beau paysage, bien composé.

Toile : H. 0^m91. L. 1^m30.

Attribué par le propriétaire à J. Vernet.

GELÉE (Genre de Claude)

7 — Port de Mer.

A droite, un édifice à colonnes ; au centre, un vaisseau rentrant au port. Fond de paysage, sur la gauche.

Toile : H. 0^m83. L. 0^m88.

Cette toile est attribuée par le propriétaire à Claude Gelée.

LÉLI (Genre de Van der Faes)

Dit Le Chevalier

8 — Portrait de Femme.

Assise, vue jusqu'aux genoux, richement vêtue, elle tient une montre ; le bras gauche appuyé sur un coussin.

Toile : H. 1^m14. L. 0^m88.

Attribué par le propriétaire à Bourdon.

POUSSIN (École de Nicolas)

9 — Paysans cherchant à saisir un essaim d'abeilles.

Bon tableau, d'un ton clair et d'une parfaite conservation.

Toile : 0^m 82. L. 0^m 90.

Cette toile est attribuée par le propriétaire à Nicolas Poussin.

RUBENS (École de P.-P.)

10 — Jupiter et Antiope.

La nymphe dort étendue sur des draperies. Jupiter, sous les traits d'un satyre, se penche vers elle, ayant près de lui son aigle les ailes déployées.

Toile : H. 1^m 09. L. 1^m 44.

Cette toile est attribuée par le propriétaire à Rubens.

RUBENS (École de P.-P)

11 — La Sainte Famille.

La Vierge est assise, vêtue d'une robe rouge et d'un manteau bleu. Elle tient sur ses genoux l'Enfant Jésus ; à droite saint Joseph ; sur la gauche, un ange tenant une corbeille de fruits.

Belle peinture, d'un remarquable coloris, dans un cadre en bois sculpté.

Toile : H. 1^m 13 ; L. 1^m 45.

Le propriétaire de cette toile l'attribue à Rubens.

SALVATOR ROSA (Genre de)

12 — Paysage avec personnages.

Il est traversé par une rivière qui tombe en casca-
des; des pêcheurs sont dans un bateau; vers le fond,
un village et un château en ruines.

Toile : H. 1^m oo. L. 1^m 45.

Ce tableau est attribué par le propriétaire à SAL-
VATOR ROSA.

VERNET (Genre de J.)

13 — Soleil couchant.

Des pêcheurs sont au premier plan, les uns occu-
pés à préparer leurs filets, les autres tirant un bateau
vers la rive ; à gauche, des rochers au-dessus desquels
s'élèvent quelques constructions.

Toile : H. 0^m 98. L. 1^m 40.

Ce tableau est attribué par le propriétaire à Joseph
VERNET.

VINCI (École de LÉONARD de)

14 — Léda et Jupiter.

Léda et le Cygne se trouvent au centre. Sur la gau-
che, l'artiste a représenté Pollux et Hélène, Castor et
Clytemnestre sortant de leur coque.
Copie avec variantes du tableau de LÉONARD DE
VINCI qui a été gravé.

Toile : H. 1^m 39. L. 0^m 94.

Attribué par le propriétaire au CORRÈGE.

ZURBARAN (Attribué à)

15 — Saint François d'Assise.

Il est agenouillé dans un paysage, ayant devant lui un livre ouvert et une tête de mort.

Toile : H. 0^m 00. L. 0^m 00.

ÉCOLE ESPAGNOLE

16 — La Vierge, l'Enfant Jésus et Saint Joseph.

Toile : H. 0^m 00. L. 0^m 00.

ÉCOLE ESPAGNOLE

17 — Apothéose d'un Saint Évêque (Saint Saturnin ?)

Il s'élève vers le ciel, vêtu des habits épiscopaux, et escorté de quatre anges : l'un tient sa crosse, un autre sa mitre.

Toile : H. 1^m 41. L. 1^m 65.

Cette toile est attribuée à GUIDO, par le propriétaire.

ÉCOLE ITALIENNE

18 — Le Christ et deux Anges.

Toile : H. 0^m 21. L. 0^m 27.

Le propriétaire attribue cette toile à BALESTRA.

ÉCOLE ITALIENNE

19 -- Le Christ en croix.

Toile : H. 1^m 62. L. 1^m 03.

Cette toile est attribuée par le propriétaire au
CORRÈGE.

ÉCOLE ITALIENNE

20 — La Madeleine pénitente.

Peinture sur bois, dans un cadre sculpté.

H. 0^m 5o. L. 0^m 37.

Attribué par le propriétaire à Il. GIORGIONE.

ÉCOLE ITALIENNE

21 — La Glorification de la Vierge.

La Vierge est entourée d'une multitude d'anges et
de saints.

Esquisse pour un plafond.

Toile : H. 0^m 46. L. 0^m 63.

Attribué par le propriétaire à GUIDO RENI.

MARBRES ET BRONZE

22 — **Victor-Emmanuel IV, roi du Piémont.**

Buste en marbre, de grandeur naturelle.

23 — **Portrait d'un Magistrat.**

Buste en marbre, de grandeur naturelle, signé CAMBIASO.

24 — **Méléagre.**

Statue en bronze.

A. MAULDE et Cⁱᵉ, imprimeurs de la Cⁱᵉ des Commissaires-Priseurs,
rue de Rivoli, 144.   350—93619